Suzuki Atsuko Senryu collectio

川柳作家ベストコレクション

# 鈴木厚子

## 愛はしなやかにあなたへループパス

The Senryu Magazine
200th Anniversary Special Edition
A best of selection
from 200 Senryu writers' works



新葉館出版

川柳とは人間を5・7・5の17音字で詠う、
エッセイのようなもの。



柳《りゅう》言《げん》

川柳作家ベストコレクション

# 鈴木厚子 ■ 目次

川柳作家ベストコレクション

# 鈴木厚子

# 第一章

# 愛はしなやかに

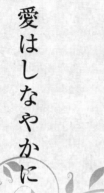

愛はしなやかにあなたへループパス
まあるくまるくまあるくなあれ言霊よ
笑ってるあなたの側の風が好き

何があっても幸せそうな顔をする

常備薬愛と涙とことだまと

四季巡る女をすこし衣更え

話そうか時効になったあの話
声の大きいカラスはきっとリーダーだ
私もその中にいる後方支援

悪妻にばんざい毎日カレー

奥さんと呼ばれ名なしのわたくしで

夢の中わたしの鬼が子を産んで

泣くまいと笑顔の面を積み上げる
パラサイトシングル帳尻はきっと
喜怒哀楽調整済みのはずなのに

春を待つ雪の小言を聞きながら

善人ぶって声高過ぎる春がくる

春うらら冬のしこりを揉みほぐす

しばらくは留守に飛べ飛べ水の妻

眠り深すぎて神の手とりにがす

恋する度に花屋の花が笑顔する

鼻濁音に弱い男おのこ男

たまに会うなんと好い人なのだろう

いきがって男は妻の掌の中に

瑠璃色の風とことこ句碑めぐり

にんげんに会うと疲れる桃桜

鼻がきく鬼を一匹連れ歩く

身勝手な男が一人まぎれ込む

愚痴になるはるかはるかの戯事に

ケセラセラ明日は子離れ親離れ

几帳面な壁が束縛して困る
歴史家の一人はきっと虚言癖
こだわりを捨てればみんないい人だ

老いやがて母似父似の貌かたち

まだ女秋の舞台をかけ上がる

アンチエイジング手遅れやもしれぬ

ひそやかに自惚れ鏡持つ右手

ヒーローになれるはずだよロスタイム

氏素姓負けん気ばかり際立って

満月光受胎告知を待っている

知ってるかいあの世この世の別れ路

主婦しましょ二人暮らしになったとて

色止めを塗って女の完熟度
長生きが罪ですなんて若いなあ　君
語り合えばわかる　本当だろうか

新月や君の笑顔が欲しくなる

しばらくは正座してます水の妻

封印はとかぬがよろし良妻賢母

神さまと一緒に昼寝してしまう

仏を祈る仏に祈るこの命

一〇二四人るいるいと稀人《まれびと》

困ったなぁいつでも君が側にいる

大丈夫リセットボタン押したから

ポイント10倍騙されるなよ　君

手アイロンこのひと時が嫌いだな
生きるって楽しいラララ猫が鳴く
やさしさの種をもらって生きのびる

老人と言われるまでは立って乗る

雷鳴烈し女の焔放電中

雨雨雨嫌なら無理はせぬように

男一匹かさばらぬよう持ち歩く

逢いたいね「どこでもドア」が欲しいよね

ひとりです産まれた時も死ぬ時も

猫と住む猫のわがまま受け入れて

誰だって言いたいことはあるはずよ

猫形になって涙と骨拾う

沙羅双樹いい人なんて嘘っぽい

少しずつ欠けてゆく月と老人

春の水雪の涙か微笑みか

春よ春みんな持ってる運不運

転んだら起きればよろし春の足

さりげなく春の鼓動と手をつなぐ

いいじゃない息子が決めた女でしょう
ひそと泣くわたくしだって弱いのだ
拍手喝さい浮いてきたのは雑魚ばかり

もういいよ今更ごめんと言われても

友達も本も断捨離あ～あムリ

縦横斜めみんな律儀なふりをする

ダイエット粉もんダメと言われても
野菜たっぷり痩せろ痩せろと急かされる
ウエストがなくなったさあ楽しいぞ

熊注意クマもわたしも好きな場所

抱きしめたあなたが遠くなってゆく

ハンガーで眠る男の抜け殻

ヒールキック結婚してくれますか
わたくしも鬼と暮らした過去がある
お手をするご主人さまの顔を立て

満月光わたしあなたが嫌いなの

切りたいがどこを切っても飴のごと

リミットは百歳　とけてゆく魔法

父母は短命やりたいことはやっておく
魔女だって納豆百回かきまぜる
手を握るこれが最後と知らずして

コンビニの棚から命買ってくる

信じてくれるお方の口はやわらかで

モラハラの涙大丈夫という涙

笑顔だね無理をしている笑顔だね
お好みならば春のピエロになりましょか
ロゼワイン愛も別れもいいやすき

紙オムツアポなしの鍵渡される

縁あって近くて遠い嫁姑

姑は他人　敵にも味方にも

割り切ってしまえば楽になる系譜

嫁の駅通過中です長いです

あの頃はきっぱり言えた愛してる

部屋の中半分ほどはゴミである

神様が内緒でくれた幸の種

乾杯のルール雪女が決める

アドリブへ仲良くなりたいだけなのに
シャワー全開悔し涙も言い訳も
間違いは微笑み返せ奴凧

ふわり雪涙の訳は語らない

雪のひとひら夢は自由にごらんあれ

雪よ頑張ったねまつり楽しいね

わたくしを骨抜きにしたのは　涙
酒が言わせたウッカリ棘が光りだす
決断なさい生まれ変わるの変わるのよ

風をよむ知覚過敏になっている

散り急ぐ桜の悩み聞きそびれ

人を信じてバンソウコウの世話になる

生き恥をさらすパパンと手アイロン

風と生き春夏秋冬自由人

ひまわりや作り笑顔がうまいなあ

人を切る少しひんやりする言葉

ユンケル飲んで動細胞のネジをまく

丁寧にラップしておく三口分

平和とは子どもが作る泥だんご
おはようと私の朝がやってくる
ああ女いくら時代が変わっても

異論あり　黙っていればいいものを

だとしても数値の壁は揺らがない

非凡なる女で妻で能天気

空気読む読めなくたっていいんだよ

低気圧いらいら虫が蛇行する

トテトテタッタ妻という名の印を押す

月太るやがて私のようになる

母さん似の風だ時々渦を巻く

ペルソナで守るわたしの自尊心

わたしの前世か切れた蜘蛛の糸

24時ツルハの世話になっている

使い捨て仮面が足りぬ女の一生

愛というたった一字のために泣き

それでいて何の役にもたてぬ口

ありがとう前後左右にいっておく

# 第二章　なごり雪

なごり雪天使の着地待っている

一房のぶどう命をわけあって

お元気ですか　宛先のない手紙書く

コロロンと満月わたし味方だよ

月光浴そっと変身いたします

桜舞うはるかな記憶亡母といて

あなたにもアンタにもなる愛だろか
いつだって君は君だと言いそえる
ご機嫌いかがと鏡に覗かれる

つり上げた男しばらく陽に晒す

笑っていようまだまだ人が寄って来る

宿命や一生咲かすカスミ草

縛りとく風しなやかに鮮やかに
ここ一番発泡酒ではもの足りぬ
うふふふふ恋する女の側にいる

群れている寂しがり屋の天秤座

他人は他人ピリリと辛い人が好き

人間に生まれて欲の深きまま

丁寧に祈るあの世この世のまつりごと

良く笑うトマトにみんな群れたがる

輪を抜けてひとりの時間持て余す

あの人も美化されてゆくヒガンバナ

まだまだと脱皮途中の月といる

ゆうらりとただゆうらりと愛といる

揺れ動く心支えている祈り

未使用のペルソナ二枚赤と黒

わたくしは生きものがかり夫がかり

わたくしだってサボりたいのよ料理番

しんぼうも愛のうちです養命酒

しっかりと守ってきたが夫サイズ

似ているそうな有名人に少しだけ

騙されてあげる　覚悟はできている

二十年若けりゃ君とラブラブね

オットドッコイ危険水域こえそうだ

ほっといてください只今迷走中

泣くな泣くな自分で蒔いた種なのだ

わたくしに似ている人など嫌いです
ヤッホッホあなたを好きと言ってやる
たかが肩書されど肩書男とや

取り巻きの囁き聞いたコウモリよ

相づちをうたねば明日は一人ぼち

頷くだけの首ならとうに捨てました

神様は男がよろし二礼二拍手
抱きしめるあなたの匂い移るまで
本当は悪人ですと打ち明ける

良く笑うお人が一人いてくれる

ツンツン髪の君は我が家の王子様

霧を吹く程よい君に戻るまで

音信不通いつでも君はマイペース

ツイッターわたし一人じゃないんだね

決めるのは神わたくしの生も死も

美辞麗句耳のごちそうやもしれぬ

ドライアイ愛の言葉がしみわたる

妻には勝てぬなんてったって強いのだ

夏椿あやうきものをそっと吐き
笑い合うこの世の幸を見せ合って
捨ててあるペルソナもしや鬼のやも

十五夜へ缶酎ハイを分け合って

慣れてきた鎖のなんと邪魔なこと

言った言わない些細なことにこだわって

他人なら痛みはしない薔薇のトゲ

螺階には鬼がいるらし寝待月

お好きにどうぞ内視鏡なら許します

仮の世のこの世なぜだか切なくて

テーピング痛くないよと立ち上がる

生きるって厚顔無恥をひきつれて

泣いたとて何も変わらぬ水の音

耐えたのは私だってば本当よ

わたくしも夫のロボットやもしれぬ

シャッフルすれば皆おんなじおんなじよ

ケセラセラ死ぬ時は死ぬ皿洗う

これが最後の脱皮だろうか厚いカラ

ピアス穴あけてみたいな死ぬまでは
いいではないか熟女の舌は生きている
呆けまいぞ呆けてはならぬならぬのだ

カギカッコにしまうおばさんの思考

発光の弱い順から呼びだされ

あの世への道遠いだろうか直ぐだろか

メタボ予備軍いつかわたしも骨になる

怖れてはいまいか老いは平常心で

まだよまだ老いの入り口混雑中

死なないと思っております　私

黄泉へゆく札ならみんな持っている

そうだったらいいね天国行の指定席

わたくしの柩の中は覗かせぬ

生命線百の手前で切れている

冬薔薇がんばらなくていいんだよ

後悔はなかったことにしておこう

話し合いましょコーヒーですか酒ですか

いっせいに桜舞う日はわたしの死

献体の君にささげる薔薇の花
死の時も握ってくれますか　わたしの掌
延命しますか尊厳死しますか

最後はねピンクの骨になるからね

なごり雪何か忘れていませんか

私小説一冊分の骨残す

# あとがき

新聞投句から始まった私の川柳。その後、故斎藤大雄先生に誘われ、川柳「時の風」で情念句を学びました。授業では、「川柳は一幕物の舞台劇である」といい、「人間が好きでなくちゃ川柳はできない。人間の機微を詠うんだよ」と、先生は常々話されていました。

情念句は、私にとって相性が良かったのか、いつの間にか川柳にはまって、20年の歳月が流れていました。昨年、サファイア婚を記念し、川柳句集『笑ってるあなたの側の風が好き』を、自費出版をしました。

気が付くと、それらの句は私の自分史にもなっており、感慨深いものがあります。

伝統川柳をはじめ、時事川柳、現代川柳、難解句など、色々な川柳の句がありますが、書店には、わずかなスペースに、サラリーマン川柳、シニア川柳、犬川柳など読者が笑って楽しめる本が幅を利かせています。

私の心のどこかでいつも、川柳ってなんだろうと長い間心の中で葛藤がありました。

50代で大学に入り、「鶴彬」、修士課程では「時実新子」を研究しましたが、日本文化を教える教授達が、川柳を低く見ているのを肌で感じ、ゼミの担当教授は、歴史学者の大濱徹也教授（筑波大学名誉教授）にして頂きました。時実新子さんの、「妻をころしてゆらりゆらりと訪ね来よ」、「墓の下男の下に眠りたや」には、随分触発されました。

時実新子著『時実新子のハッピー川柳塾』には、「句にする時忘れてならないのは、いつも「わたくし発」で、だれか一人に向けて作ること」とありました。それまで、なかなか句が出来ないのが悩みでしたが、「わたし発」を心がけるようになると、やっと少しずつ私らしい川柳を作句できるようになりました。

北海道生まれの私にとって、川柳に季語は関係ないと言われておりますが、掲載した句を読んでいると、春の句と雪の句が多いのは宿命かもしれません。それらは決して季語として使っているわけではありませんが、長い冬から春が訪れた時の喜び、冬の寒さ、雪の恐さ、雪のあたたかさをつい句にしたくなります。「雪虫乱舞冬の覚悟はまだ出来ぬ」

これからも、私にしか詠めない句を目指し、追い求めて悩み苦しみながら、川柳を楽しんでいきたいと思います。

句集には、昨年の自費出版の句集『笑ってるあなたの側の風が好き』から好きな句も入れました。
新葉館の竹田様には大変お世話になりました。有難うございました。

平成30年3月吉日

中島公園池田亭にて
鈴木　厚子

●著者略歴

鈴木厚子（すずき・あつこ）

1951年　北海道中川郡池田町生まれ、札幌在住
1997年　札幌川柳社入会
2008年　北海学園大学大学院人文学部日本文化学科修士課程修了
「現代川柳」会員
2013〜14年　北海道新聞「朝の食卓」執筆
2016年　北海道川柳連盟大賞
2017年　参議院議長賞
句集『笑ってるあなたの側の風が好き』非売品

現在　北海道川柳連盟事務局次長
札幌川柳社運営同人
「川柳さっぽろ」ぽぷら集選者

川柳作家ベストコレクション
鈴木厚子
愛はしなやかにあなたへループパス
○
2018年 6 月 3 日　初　版
著　者
鈴　木　厚　子
発行人
松　岡　恭　子
発行所
新　葉　館　出　版
大阪市東成区玉津1丁目9-16 4F　〒537-0023
TEL06-4259-3777㈹　FAX06-4259-3888
https://shinyokan.jp/
○
定価はカバーに表示してあります。

ISBN978-4-86044-946-9